NOTICE

DE

LIVRES A FIGURES

ET SUR LES ARTS

COMPOSANT LA COLLECTION

De Feu M. le Docteur PONS, d'Aix

DONT LA VENTE AURA LIEU

HOTEL DROUOT

SALLE N° 4

Le Vendredi 29 Mars 1872

A DEUX HEURES

M⁰ **DELBERGUE-CORMONT**, Commissaire-Priseur,
rue de Provence, 8,

Assisté de **M. CLÉMENT**, Md d'Estampes de la Bibliothèque nationale,
rue des Saints-Pères, 3.

EXPOSITION · PUBLIQUE

Le Dimanche 24 Mars 1872, de 1 heure à 5 heures.

———

PARIS — 1872

CONDITIONS DE LA VENTE

Elle sera faite expressément au comptant.

Les Adjudicataires paieront, en sus des enchères, CINQ POUR CENT, applicables aux frais.

NOTICE

DE

LIVRES A FIGURES

ET SUR LES ARTS

COMPOSANT LA COLLECTION

De Feu **M.** le Docteur **PONS**, d'Aix

1127. Quadrins historiques de la Bible. A Lyon, par Jean de Tournes, 1553. 1 vol. in-8, mar. vert. Figures gravées sur bois, par Bernard Salomon, dit le petit Bernard. Le titre est refait à la plume.

1128. La Vita et Metamorphoseo d'Ovidio, figurato et abbreviato in forma d'epigrammi da Gabr. Simeoni. Lione, Giov. di Tornes, 1559. 1 vol. in-8, veau vert. Figures et bordures gravées sur bois par B. Salomon.

1129. Emblèmes ou devises chrestiennes, composées par damoiselle Georgette de Montenay. A Lyon par Jean Marcorelle, 1571. 1 vol. in-4 v. Figures de Wœriot. Très-bel exemplaire contenant le portrait de Georgette de Montenay, du 1er état. Rare.

1130. CAUVET. Recueil d'ornements à l'usage des jeunes artistes qui se destinent à la décoration des bâtiments, dédié à Monsieur, par G. P. Cauvet, sculpteur de S. A. R. A Paris, chez l'auteur, rue de Sève près celle du Bacq, 1777. Un vol. gr. in-fol., demi-rel. mar. r., contenant 96 planches sur 68 feuilles, titres compris. Superbe exemplaire.

1131. Ducerceau Androuet. *Livre d'Architecture* contenant les plans et dessaings de cinquante bastimens tous différens. Paris, Benoît Prévost, 1559. (Texte latin.) — *Second livre d'Architecture*, contenant plusieurs et diverses ordonnances de cheminées, lucarnes, portes, fontaines, puis et pavillons. Paris, And. Wechel, 1561. — *Livre d'Architecture* de Jacques Androuet Ducerceau, auquel sont contenues diverses ordonnances de plants, élévations de bâtimens pour seigneurs, gentilshommes et autres qui voudront bastir aux champs. Paris, par J. Androuet Ducerceau, 1582. Ces trois parties forment 1 vol. in-fol., demi-rel. mar vert. Magnifique exemplaire, très-rare à trouver dans une aussi belle condition.

1132. Ballet comique de la Reine, faict aux nopces de M. le duc de Joyeuse et Mlle de Vaudemont sa sœur, par Baltasar de Beauioyeulx, valet de chambre du roy et de la royne. A Paris, par Adrian Le Roy, Robert Ballard et Mamert Patisson, imprimeurs du roy, 1582, avec privilége. 1 vol. in-4, veau, aux armes de la maison de Brancas. Rare.

1133. C'est l'ordre qui a été tenu à la nouvelle et joyeuse entrée que très-haut, très-excellent et très-puissant prince, le roy très-chrestien Henri 2e de ce nom, a faicte en sa bonne ville et cité de Paris, capitale de son royaume, le 16e jour de juin 1549. On le vend à Paris chez Jacques Roffet dict Le Faucheur, à la rue Gervais Laurés, à l'enseigne du Soufflet, près Sainte-Croix en la Cité. 1 vol. in-4, vélin, fig. Superbe exemplaire. Il manque à la page 29 la planche représentant l'entrée de la reine ; la planche représentant l'entrée du palais se trouve à la fin du volume.

1134. Le Triomphe d'Anvers fait en la susception du prince Philips, prince d'Espagne. 1 vol. in-fol. fig. sur bois, non relié.

1135. Lassus (Orlando de). Mélange d'Orlande de Lassus contenant plusieurs chansons, tant en vers latins qu'en rime française. A 4, 5, 6, 8, 10 parties. A Paris, par Adrian Le Roy et Robert Ballard, 1570, 1571. 3 parties en 1 vol. in-8 oblond, demi-rel. veau. Les titres et les lettres de ce livre sont ornés de gravures sur bois. Les deux premières feuilles sont un peu endommagées. Rare.

1136. L'Art universel des fortifications, par Silvère de Bitainvieu. 1 vol. in-4. veau, fig. de Le Pautre.

1137. Modelles artifices de feu et divers instrumens de guerre avec les moyés de s'en prevaloir, pour assiéger, battre, surprendre et défendre toutes les places utiles et nécessaires à tous ceux qui font profession des armes, par Joseph Boillot Langrois. A Chaumont en Bassig., chez Quentin Mareschal, imprimeur et libraire, 1598. 1 vol. in-4, demi-rel. v. fig.

1138. Baudelot. Feste d'Athènes représentée sur une cornaline antique du cabinet du roy. Paris, chez Pierre Cot, 1712. 1 vol. in-4, demi-rel., fig.

1139. *Watelet.* L'Art de peindre. Poëme. Paris, H. L. Guerin et L. F. Delatour, 1760. 1 vol. in-8, v. figures.

1140. *Bassi.* In materia d'architettura et perspettiva, con pareri di eccellenti et famosi architetti, che li risoluono, di Martino Bassi, Milanese, in pressa. F. et P. M. Marchetti fratelli 1572. 1 vol. in 4. demi-rel.

1141. Le Jubilé de l'an 1700, publié par la bulle d'Innocent XII, du 28 mars 1599. Amsterdam, Nicolas Chevalier, 1701. 1 vol. in-4, demi-rel. veau, figures.

1142. Panégyrique de sainte Thérèse, prononcée devant la reine en l'église des Carmélites de la rue du Boulloy. Paris, J.-B. Cognard, 1778. 1 vol. in-4, demi-rel. veau, fig. par Mellan.

1143. Advis fidèle aux véritables Hollandais touchant ce qui s'est passé dans les villages de Bodegrave et Swammerdam et les cruautés inouïes que les Français y ont exercées. 1 vol. in-4, veau, fig. de Romyn de Hoodge.

1144. Les Amours pastorales de Daphnis et Chloe, traduites du grec de Longus par Amyot; édition ornée de gravures d'après les dessins de Prud'hon et Gérard. Epreuves avant la lettre. Paris, P. Didot, l'aîné, 1800, an VIII. 1 vol. in-fol. Broché.

1145. Nella Venuta in Roma di madama Le Comte et dei Signori Watclet, E. Copette. Componimenti poetici di Luigi Subleyras P.-A. colle figure in rame di Stefano della Vallée Poussin, pensionario di S. M. Cristianissima. Roma, 1764. 1 vol. in-fol., demi-rel. mar. vert.

1146. Lyceum Patavinum, sine Icones et vitæ professorum Patavii, MDCLXXXII, publice docentium. Pars Prior : theologos, philosophos et medicos complectens. Per Carolum Patinum, Eq. D. M. doctorem medicum Parisiensem, primarium chirurgiæ professorum. Patavii, 1582. 1 vol. in-4, veau, fig. et portraits.

1147. École de cavalerie, contenant la connaissance, l'instruction et la conservation du cheval, par M. de La Guerinière, écuyer du roi. Paris, 1734-1736. 2 vol. in-8, veau, fig.

1148. Histoire et abrégé de la vie de saint Hubert. Paris, 1678. 1 vol. in-8, veau. Il porte sur le titre la signature de P. Mariette 1694.

1149. Storia genuina del cenacolo insigne dipinto da Leonardo da Vinci nel refettorio dé Padri Domenicani di Sancta-Maria delle Grazie di Milano del Padre Maesta. Milano, 1794. 1 vol. in-8, veau.

1150. Materiali per servire alla storia dell' origine e de' progressi dell'incisione in rome e in segna e sposizione dell'interessante scoperta d'una stampa originale del

celebre *Maso Finiguera*, fatta nel Gabinetto Nazionale di
Parigi da D. Pietro Zani Fidento. Parma, 1802. 1 vol.
in-8, veau, fig.

1151. Explication des tableaux de la galerie de Versailles
et de ses deux salons. A Versailles, 1687. 1 vol. in-4,
demi-rel. v.

1152. Notice sur Gérard Audran, par V. Denon. 1 vol.
in-fol. fig.

1153. Iconographie des estampes à sujets galants et des
portraits des femmes les plus célèbres par leur beauté,
par le C. d'I***. Genève, 1868. 1 vol. in-8. Broché.

1154. Sentiments des plus habiles peintres sur la pratique
de la peinture, mis en tables de préceptes, par Henri
Testelin, peintre du roi. Paris, 1646. 1 vol. in-fol., veau
fig.

1155. Idée générale d'une collection d'estampes, avec une
dissertation sur l'origine de la gravure, par Heinecken.
Leipzig et Vienne 1771. 1 vol. in-8, veau, fig.

1156. Réflexions sur la peinture et la gravure accompa-
gnées d'une courte dissertation sur le commerce de la
curiosité, par C.-F. Joullain aîné. Metz, 1786. 1 vol.
in-12, demi-rel.

1157. Notice des estampes exposées à la Bibliothèque du
roi. Paris, 1819. 1 vol. in-8, demi-rel. veau.

1158. Les Graveurs troyens. Recherches sur leur vie et
leurs œuvres avec fac-simile, par Corrard de Breban.
Troyes, 1868. 1 vol. in-8. Broché.

1159. Les Monuments de l'histoire de France. Paris, J.-F.
Delion, 1856-1863. 10 vol. in-8. Brochés.

1160. Sentimens sur la distinction des diverses manières
de peinture, dessin et gravure par A. Bosse. 1 vol. in-12,
fig.

Traicté des manières de graver en taille-douce sur
l'airain, par A. Bosse. 1 vol. in-8, demi-rel., veau, fig.

1161. Examen historique et critique des tableaux exposés
provisoirement, venant des premiers envois de Milan,
Crémone, Parme, Plaisance, etc., par J.-B.-P. Lebrun.
Paris, Desenne. 1 vol. in-8 cartonné.

1162. Lettre sur l'exposition des ouvrages de peinture,
sculpture de l'année 1747, par l'abbé Le Blanc. 1 vol.
in-12, demi-rel. veau.

1163. St-Ives. Observations sur les arts. 1748. 1 vol. in-12.
Veau.

1164. Decamps et son œuvre avec des gravures en fac-
simile des planches originales des plus rares, par A. Mo-
reau. 1 vol. in-8. Broché.

1165. Catalogue raisonné de toutes les estampes qui for-
ment l'œuvre gravé d'Adrien Van Ostade, par L.-E.
Faucheux. Paris, veuve J. Renouard, 1862. 1 vol. in-8.
Broché.

1166. Catalogue raisonné de l'œuvre de Claude Mellan
d'Abbeville, par Anatole de Montaiglon. Abbeville, 1856,
1 vol. in-8. Broché.

1167. La vie et les œuvres de Jean-Baptiste Pigalle, sculpteur, par P. Tarbé. Paris, veuve J. Renouard, 1859.
1 vol. in-8. Broché.

1168. Les Beaux-arts à l'Exposition universelle de 1855,
par Maxime Du Camp. Paris, 1855. 1 vol. in-8. Broché.

1169. Histoire artistique et archéologique de la gravure
en France, par Alf. Bonnardot. Paris, 1849. 1 vol. in-8,
demi-rel., veau vert.

1170. Mémoires inédits sur la vie et les ouvrages des
membres de l'Académie royale de peinture et de sculpture, publiés d'après les manuscrits conservés à l'École
impériale des Beaux-Arts, par MM. Dussieux, Soulié,
de Chennevières, Paul Mantz. A. de Montaiglon. Paris,
1854. 2 vol. in-8. Brochés.

1171. Éloge historique de Callot, par F. Huisson, religieux
cordelier. Bruxelles, 1766. 1 vol. in-8, veau.

1172. Essai de bibliographie contenant l'indication des
ouvrages relatifs à l'histoire de la gravure et des graveurs par Georges Duplessis. Paris, Rapilly, 1862.
1 vol. in-8. Broché.

1173. Essai d'une bibliographie générale des beaux-arts,
par Georges Duplessis. Paris, Rapilly, 1866. 1 vol. in-8.
Broché.

1174. Notice des estampes exposées à la Bibliothèque
royale, par Duchesne aîné. Paris, 1837. 1 vol. in-8, demi-
rel., veau.

1175. Cabinet des singularitez d'architecture, peinture,
sculpture et gravure, par Florent Le Comte. Bruxelles, 1702. 3 vol. in-12 vélin, fig.

1176. Catalogue historique du cabinet de peinture et
sculpture française de M. de Lalive. Paris, 1764. 1 vol.
petit in-4, demi-rel. avec portrait.

1177. Catalogue du cabinet de M. le comte V. Potocki, par
F.-S. Regnault Delalande. Paris, 1820. — Catalogue du
cabinet de feu M. le baron V. Denon, par Duchesne
aîné. Paris, 1826. 1 vol. in-8, demi-rel.

1178. Catalogue raisonné du cabinet de feu Pierre-Fran-
çois Basan père, par L.-F. Regnault. 1 vol. in-8. Broché.

1179. Musée Napoléon. Catalogue des tableaux, antiquités,
etc. 4 vol. in-8. Cartonnés.

1180. Catalogues Alibert. — Rossi, de Marseille et autres.
1 vol. in-8, demi-rel.

1181. Recherches sur le peintre Lantara, par E. de la
Chavignerie. — Recherches sur la vie et les ouvrages de
Claude Deruet, par E. Meaume. — Catalogue de l'œuvre
de Léonard de Vinci, par le Dr Rigolot. — Appendice à
l'ouvrage intitulé : Histoire de la vie et des ouvrages de
Raphaël, par Quatremère de Quincy. 4 vol. in-8. Brochés.

1182. Catalogue de livres d'estampes et de figures, fait à Paris, en 1672, par de Marolles, abbé de Villeloin. Paris, Langlois, 1672, pet. in-12, veau. Très-rare.

1183. Catalogue de livres d'estampes et de figures, fait à Paris, en 1666, par de Marolles, abbé de Villeloin. Paris, F. Léonard, 1666, petit in-8, veau.

1184. Catalogue raisonné de différents objets de curiosité dans les sciences et arts qui composaient le cabinet de feu M. Mariette, par F. Basan, graveur. Paris, 1775. 1 vol. in-8, veau, fig.

1185. Catalogue raisonné de l'œuvre de Sébastien Le Clerc, par Ch. Antoine Jombert. Paris, 1774. 2 vol. in-8. veau, fig.

1186. Dictionnaire des graveurs anciens et modernes, depuis l'origine de la gravure, par F. Basan, graveur. Paris, 1789. 2 vol. in-8, veau, fig.

1187. Catalogue des estampes gravées, d'après P.-P. Rubens, par F. Basan. Paris, 1767. 1 vol. in-8, veau.

1188. Essai d'un catalogue de l'œuvre d'Etienne de La Belle, par Ch.-A. Jombert. Paris, 1772. 1 vol. in-8, veau.

1189. Manuel de l'amateur d'estampes, faisant suite au manuel du Libraire, par F.-E. Joubert père. Paris, 1824. 3 vol. in-8, demi-rel., v.

1190 Catalogue raisonné de toutes les estampes qui forment les œuvres gravés d'Etienne Ficquet, Pierre Savart, J.-B. de Grateloup et J.-P-S. de Grateloup, par L.-E. Faucheux. Paris, veuve J. Renouard, 1864. 1 vol. in-8. Broché.

1191. Manuel des amateurs d'estampes, par J. C. L. M. Paris, 1821. 1 vol. in-12, demi-rel. veau.

1192. Manuel de l'amateur d'estampes, par Ch. Le Blanc. Paris, 1854-1857. 2 vol. in-8, demi-rel. veau, plus une livraison brochée.

1193. Recherches sur la vie et les ouvrages de Jacques Callot, par Edouard Meaume. Paris, veuve Jules Renouard, 1860. 2 vol. in-8, demi-rel. mar. ronge.

1194. Le Peintre graveur français, par A.-P.-F. Robert-Dumesnil. 8 tomes en 4 vol. demi-rel. veau; les tomes 9 et 10 brochés.

1195. Le Peintre-graveur, par J.-D. Passavant. Leipzig, H. Weigel, 1860-1864. 6 vol. in-8, brochés.

1196. Voyage d'un Iconophile, par Duchesne aîné. Paris, 1834. 1 vol. in-8, demi-rel. veau.

1197. Catalogue raisonné de toutes les estampes qui forment l'œuvre d'Israël Silvestre, précédé d'une notice sur sa vie par. L.-E. Faucheux. Paris, veuve Jules Renouard, 1857. 1 vol. in-8, demi-rel. veau.

1198. Catalogue de l'œuvre de Ch. Nic. Cochin fils, par Ch. Ant. Jombert. Paris. 1770. 1 vol. in-8, veau.

1199. Le Trésor de la curiosité, par M. Charles Blanc, directeur des Beaux-Arts. Paris, veuve J. Renouard, 1857-1858. 2 vol. in-8, brochés.

1200. Catalogue raisonné de toutes les estampes qui forment l'œuvre de Rembrandt et ceux de ses principaux imitateurs, par Adam Bartsch. Vienne, 1797. 2 tom. en 1 vol. in-8, demi-rel. veau.

1201. Catalogue raisonné de toutes les estampes qui forment l'œuvre de Rembrandt, et des principales pièces de ses élèves, par le chevalier de Claussin. Paris, 1824. 1 vol. in-8, demi-rel., veau violet.

1202. Catalogue de l'œuvre de Ch. Jacque, par J.-J. Guiffrey, avec une eau-forte inédite. Paris, Mⁱˡᵉ Lemaire, 1866, 1 vol. in-8, broché.

1203. Notices sur quelques artistes Français, architectes, graveurs du xviᵉ au xviiiᵉ siècle, par H. Destailleur. Paris, Rapilly, 1863. 1 vol. in-8, broché.

1204. Principes abrégés de peinture, par M. Mich.-Fr. Dutens. Tours, 1779. 1 vol. in-8, demi-rel. veau.

1205. Catalogue raisonné d'objets d'arts du cabinet de feu M. de Silvestre, par Regnault-Delalande. Paris, 1810. 1 vol. in-8, demi-rel. veau.

1206. Catalogue raisonné du cabinet d'estampes de feu M. Brandes, secrétaire intime de la chancellerie royale de Hanovre, par Huber. Leipzig, C.-C. Rost, 1793-1794. 2 vol. in-8, demi-rel. mar. violet.

1207. Catalogue raisonné des cabinets Quentin de L'Orangère et du chevalier de La Roque, par Gersaint. Paris, 1736-1745. 3 vol. in-12, veau.

1208. Geoffroy Tory, peintre-graveur, premier imprimeur royal, par Aug. Bernard. — Catalogue des tableaux du comte d'Espinay. 2 vol. in-8, brochés.

1209. Catalogues des livres et estampes de M. Le Roux de Lincy. 1 vol. in-8, demi-rel. veau vert.

1210. Catalogue des estampes et dessins composant le cabinet de feu le chevalier J. Camberlyn. Paris. 1865. 1 vol. in-8, demi-rel. mar. vert.

1211. Catalogue de la collection d'estampes anciennes provenant du cabinet de M. H. de Lasalle. Paris, P. Defer, 1856. 1 vol. in-8, demi-rel. mar. vert.

1212. Catalogue raisonné d'une précieuse collection d'estampes du cabinet de feu Charles de Valois. Paris, 1801, 1 vol. in-8, cartonné.

1213. Catalogue raisonné des estampes du cabinet de M. le comte Rigal, par Regnault-Delalande. Paris, 1817. 1 vol. in-8, demi-rel. veau.

1214. Catalogue de la riche collection d'estampes et de dessins composant le cabinet de feu M. F. Van den Zande, par F. Guichardot. Paris, 1855. 1 vol. in-8 demi-rel., mar. vert.

1215. Catalogue des estampes des Écoles d'Italie et d'Espagne, et des dessins tant de ces Écoles que des Écoles germaniques, colligiés par A.-P.-F. Robert-Dumesnil. 1 vol. in-8, demi-rel.

1216. Catalogues publiés par Rochoux et Vignères en 1868, 1 vol. in-8, demi-rel.

1217. Catalogues publiés par Defer et Vignères en 1855-1856 et 1857. 2 vol. in-8, demi-rel.

1218. Catalogues publiés par Vignères et Clément en 1862, 1 vol. in-8, demi-rel.

1219. Catalogues publiés par M. Vignères en 1860-1871. 2 vol. in-8, demi-rel.

1220. Catalogues publiés par Vignères et Clément en 1866 et 1867. 2 vol. in-8, demi-rel.

1221. Catalogues publiés par M. Vignères, en 1865. 1 vol. in-8, demi-rel.

1222. Catalogues publiés par Vignères, Rochoux et Clément en 1865. 1 vol. in-8, demi-rel.

1223. Catalogues d'estampes publiés par Vignères et Clément, en 1863. 1 vol. in-8, demi-rel.

1224. Catalogues du cabinet de MM. Prevost, Delbeck de Gand, Revil, etc. 1 vol. in-8, demi-rel.

1225. Catalogue de l'œuvre de J.-G. Wille, par Charles Leblanc, catalogues des estampes de J.-P. Norblin, et catalogues de ventes diverses. 1 vol. in-8, demi-rel.

1226. Catalogues R. Dumesnil-Debois, Faber, Notice sur Ant. Watteau, 1 vol. in-8, demi-rel.

1227. Catalogues Forster, Martelli, Devéria, R. Dumesnil, J. Bein, Gilbert, Erdeven et autres. 2 vol. in-8, demi-rel.

1228. Catalogue Combrousse, Laterrade et autres publiés par Vignères et Clément. 2 vol. in-8, demi-rel.

1229. Catalogues Lacombe, de Janzé, Mourian, de Ferol, chevalier A.-D. de Turin, Raffet, etc. 2 vol. in-8, demi-rel.

1230. Catalogues de M. Tiers, Desperet, marquis de B. de Florence, Harrach de Vienne, etc. 1 vol. in-8, demi-rel.

1231. Catalogues Norblin, de Vèse, Maurel, Robert Dumesnil, Gérard, Tardieu, H. Laurent, ordre des vacations de la vente Dubois, etc. La plupart des ventes faites par P. Defer. 2 vol. in-8, demi-rel.

1232. Catalogues Arozarena, Parguez, Van Os, Simon, Archinto de Milan, Lauzet et autres. 1 vol. in-8, demi-rel.

Renou et Maulde, imprimeurs de la Compagnie des Commissaires-Priseurs, rue de Rivoli 144.   17442

www.ingramcontent.com/pod-product-compliance
Lightning Source LLC
LaVergne TN
LVHW050235180726
843501LV00014BA/4368